Cette forêt n'est pas comme les autres. Elle est habitée
par des lutins. Si vous suivez ce chemin,
vous arriverez à une clairière. C'est là qu'ils ont installé
leurs maisons, cachées dans le creux des arbres.
Tournez la page, avancez discrètement, et vous saurez
comment ils vivent.

Texte de Grégoire Solotareff
Illustrations de Nadja

Pourquoi Violette est devenue sorcière

l'école des loisirs
11, rue de Sèvres, Paris 6e

Il faisait chaud, ce jour-là, dans la clairière.
Seules quelques abeilles, un peu folles sans doute,
travaillaient sur les fleurs.
Violette, qui lisait, posa son livre et s'écria :
« Dites donc, les abeilles ! Vous ne pouvez pas aller
bourdonner un peu plus loin ? »

Les abeilles continuèrent à butiner
comme si de rien n'était.
Violette se leva et alla à sa fenêtre.

C'est alors qu'elle vit Benjamin courir vers Jean
et lui dire quelque chose à l'oreille.
Son ouïe était si fine qu'elle entendit parfaitement :
« Pas un mot à Violette ! »
Elle eut beau tendre l'oreille le plus qu'elle pouvait,
elle n'en entendit pas davantage.

Elle décida de les suivre.

Les deux lutins allèrent droit à la rivière
où les attendaient les autres.
Là, ils plongèrent en riant comme des fous.
Ania, comme d'habitude, avait ôté ses vêtements
pour se baigner.
Tout le monde s'amusait follement.

Cachée dans les roseaux,
Violette regarda les lutins
rire et jouer au ballon,
s'éclabousser et rire encore.

« Oh ! Regardez ! C'est Violette ! »
« Qui lui a dit de venir ? »
Plusieurs lutins crièrent ensemble :
« Violette ! Violette ! »
Et puis on entendit une voix bien claire se détacher des rires :
« Ah non ! Pas Violette ! Elle nous embête ! Elle fait toujours la tête ! »

Le cœur de Violette se serra.
Et puis, peu à peu, son chagrin s'effaça
et se changea en colère.
Elle décida à l'instant même de devenir sorcière.

Elle se rendit chez Macha, la gardeuse d'escargots, et lui demanda :
« Macha, dis-moi, comment peut-on devenir sorcière ? »
« Ah ! » dit Macha. « Je savais bien
qu'un jour tu me poserais
cette question. Ce jour est arrivé.
Il y a une maison abandonnée
pas loin d'ici. En voici la clef.
Si tu es sûre
de vouloir être sorcière,
tu y trouveras ce qu'il te faut
pour ça. »

Violette fit son balluchon et se rendit à la maison abandonnée.
N'importe quelle lutine aurait eu peur en ouvrant la porte.
Violette eut peur aussi.
Elle entra en serrant les dents et les poings…
et ne ressortit que plusieurs jours après.

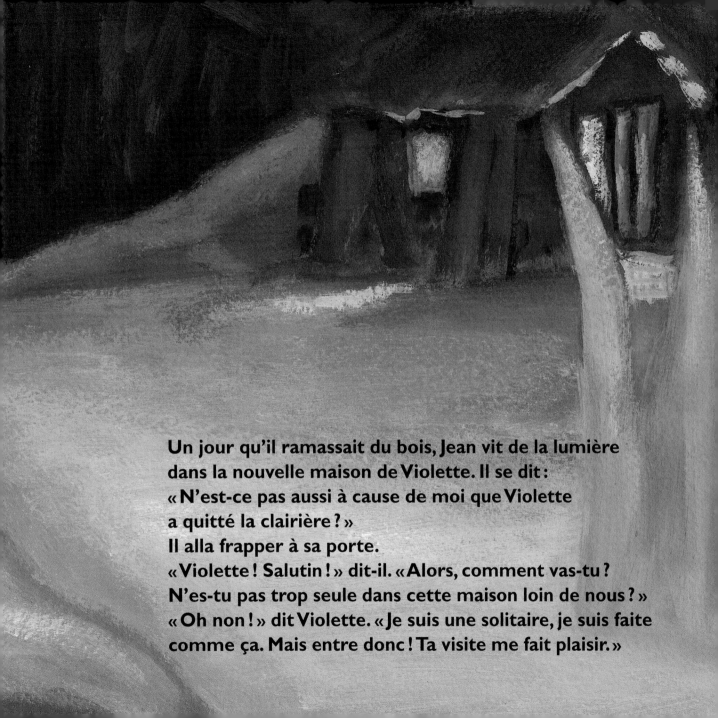

Un jour qu'il ramassait du bois, Jean vit de la lumière
dans la nouvelle maison de Violette. Il se dit :
« N'est-ce pas aussi à cause de moi que Violette
a quitté la clairière ? »
Il alla frapper à sa porte.
« Violette ! Salutin ! » dit-il. « Alors, comment vas-tu ?
N'es-tu pas trop seule dans cette maison loin de nous ? »
« Oh non ! » dit Violette. « Je suis une solitaire, je suis faite
comme ça. Mais entre donc ! Ta visite me fait plaisir. »

Depuis ce jour, les lutins viennent souvent la voir,
car elle soigne toutes les blessures.
Et elle connaît beaucoup d'histoires.